Vente du Mercredi 24 Février 1869

PAR SUITE DU DÉCÈS DE M. J...

TABLEAUX

ANCIENS

DE DIVERSES ÉCOLES

EXPOSITION PUBLIQUE

Le Mardi 23 Février 1869

DE UNE HEURE A CINQ HEURES

Me CHARLES PILLET
COMMISSAIRE-PRISEUR
Rue de la Grange-Batelière, 10.

M. FEBVRE
EXPERT
Rue Saint-Georges, 14.

PARIS — 1869

RENOU & MAULDE
IMPRIMEURS DE LA COMPAGNIE DES COMMISSAIRES-PRISEURS
Rue de Rivoli, 144.

CATALOGUE

D'UNE COLLECTION

DE

TABLEAUX

ANCIENS

Des Écoles Hollandaise, Flamande
Française et Italienne

DONT LA VENTE AUX ENCHÈRES PUBLIQUES AURA LIEU

Par suite du Décès de M. J...

HOTEL DES VENTES, RUE DROUOT

SALLE N° 3

Le Mercredi 24 Février 1869

A DEUX HEURES ET DEMIE

Par le ministère de Me **CHARLES PILLET**, Commissaire-Priseur,
rue de la Grange-Batelière, 10,

Assisté de M. **FEBVRE**, Expert, rue Saint-Georges, 14,

CHEZ LESQUELS SE DISTRIBUE LE PRÉSENT CATALOGUE.

EXPOSITION PUBLIQUE

Le Mardi 23 Février 1869, de une heure à cinq heures

PARIS — 1869

CONDITIONS DE LA VENTE

Elle sera faite au comptant.

Les Acquéreurs paieront CINQ POUR CENT, en sus du prix d'Adjudication.

L'Exposition mettant le public à même de se rendre compte de l'état des Tableaux, il ne sera admis aucune réclamation une fois l'adjudication prononcée.

Parmi les Tableaux qui figurent au présent Catalogue, se trouvent des œuvres ayant fait partie des collections de Mme la duchesse de Berry, du prince Galitzin, du maréchal Soult, du comte de Pourtalès, du marquis de Salamanca, de feu M. Piérard, de Valenciennes, de MM. Vayer, de Cologne, de Treuenfels et de l'abbé Dufouleur.

Des provenances aussi recommandables nous dispensent de tous éloges.

A. F.

DÉSIGNATION

DES

TABLEAUX

BASSAN (Jacopo da Ponte, dit le)

1 — Mater Dolorosa.

La Vierge est représentée les mains jointes et les yeux noyés de larmes, dans une extase de prière et de douleur. La beauté de la couleur, le sentiment de l'expression et l'énergie d'une exécution savante font de cette simple figure une des meilleures œuvres du maître.

Collection du maréchal Soult.

Toile. — H. 66 c. L. 58 c.

BEGYN (Abraham)

2 — La Halte à la Fontaine. Paysage.

Une jeune paysanne montée sur un cheval blanc et un pâtre se désaltèrent à une fontaine; près d'eux sont arrêtés divers animaux, entre autres, un âne portant deux agneaux. Au second plan, des bergers et des bœufs.

Bois. — H. 33 c. L. 40 c.

BELLOTTO (Bernard)

(Elève de son oncle Antoine Canaletto)

3 — **Vue du Pont et de la Ville de Varsovie.**

H. 50 c. L. 1 m.

BERCK HEYDEN (Gerrit)

4 — **Halte de Chasseurs.**

Au seuil d'une auberge de village se sont arrêtés, pour prendre quelques rafraîchissements, des chasseurs, dont la voiture stationne auprès d'un arbre, tandis qu'un valet accouple les chiens.

Collection Weber de Treuenfels. (Signé à gauche Gerrit Berck Heyden fecit.

Toile. — H. 40 c. L. 50 c.

BOUCHER (François)

5 — **Esquisse de plafond. Le Lever du Soleil.**

Toile. — H. 72 c. L. 60 c.

BREUGHEL (Jean), dit de Velours

6 — **Paysage.**

Au milieu d'un vaste parc, dans lequel on aperçoit un immense château, le propriétaire, sa femme, ses enfants et leur suite viennent donner à manger aux nombreux animaux qui vivent dans ce parc.

Collection du prince Galitzin.

Bois. — H. 45 c. L. 75 c.

BRONZINO (Angiolo-Allori, dit le)

(Vivait en 1567)

7 — **Portrait en buste d'Anna Mistria, femme d'un Médicis.**

Collection Ricardi.

Bois. — H. 40 c. L. 37 c.

CARRACHE (Annibal)

8 — **Loth et ses Filles.**

Personnages de grandeur naturelle.

Toile. — H. c. L. c.

CARRACHE (Annibal)

9 — **Descente de Croix.**

La Vierge et la Madeleine soutiennent le Christ mort, descendu de la croix.

Toile. — H. 29 c. L. 39 c.

CIMABUE

10 — **La Vierge et l'Enfant Jésus.**

La Vierge donne le sein à l'Enfant Jésus; au-dessus d'eux, quatre anges sont en adoration; quatre autres supportent une couronne.

Peinture cintrée sur fond d'or.

Bois. — H. 83 c. L. 60 c.

CLOUET (dit Jehannet)

11 — **Portrait de la duchesse de Nevers.**

Collection du prince Soltikof.

Bois. — H. 20 c. L. 15 c.

CRANACH (Luc. de)

12 — **Lucrèce se poignardant.**

Bois. — H. c. L. c.

DECAMPS (Alexandre-Joseph)

13 — **La Laveuse.**

Une femme est occupée à laver du linge qu'elle dépose ensuite sur un tréteau. Devant elle sont plusieurs baquets et vases, et, derrière, une petite fille debout vêtue d'un corsage rouge.

Cette esquisse a été donnée par Decamps à feu Gué, peintre de paysage.

Toile. — H. 16 c. L. 20 c.

DELAROCHE (Paul). D'après

14 — **Derniers moments d'Élisabeth, reine d'Angleterre.**

Bois. — H. 20 c. L. 24 c.

DOLCI (Agnès)

15 — **Adoration des Bergers.**

La Vierge présente l'Enfant Jésus à un berger qui lui baise le pied; derrière, un autre berger portant un agneau; du côté opposé, saint Joseph assis tenant un livre de la main gauche; dans le haut, deux groupes d'anges.

Collection de la princesse N. Galitzin.

Toile. — H. 58 c. L. 44 c.

DYCK (Van). École de

16 — **Portrait d'un gentilhomme représenté en buste.**

GENOD (de Lyon)

17 — **L'Enfant malade.**

Il est endormi sur un fauteuil placé devant une fenêtre, un livre d'images sur ses genoux; près de lui, sa mère en pleurs et sa jeune sœur en prières.

Collection de Mme la duchesse de Berry. (Signé.)

Toile. — H. 78 c. L. 67 c.

GOES (Vander) et PORBUS (François)

18 — **Triptyque.**

Le volet principal, qui est l'œuvre de Vander Goes, représente la Vierge s'apprêtant à donner le sein à l'Enfant Jésus. Elle est assise au milieu d'un beau paysage, où sont un château et de nombreuses figures.

Les deux autres volets, peints par François Porbus le père, représentent, celui de gauche, un gentilhomme cuirassé, le donateur sans doute, agenouillé devant un prie-Dieu, et ayant derrière lui son fils et saint François; le volet de droite, la femme du donateur agenouillée ayant près d'elle ses trois filles.

Collection Pourtalès.

Bois. — H. 81 c. L. 57 c.

GREUZE (Jean-Baptiste)

19 — **Tête de jeune villageois.**

Il est vu de trois quarts, à droite, cheveux blonds habit de villageois.

Toile. — H. 28 c. L. 27 c.

GREUZE (D'après)

20 — **Petit Garçon, en buste, tenant un Lapin.**

Bois. — H. 35 c. L. 27 c.

GREUZE (D'après)

21 — **Villageoise représentée en buste.**

Bois. — H. 35 c. L. 27 c.

GROS (Le Baron)

22 — **Trait d'humanité du roi Murat. — Episode de la retraite de Russie.**

Murat ayant rencontré une femme et son enfant épuisés de fatigue et mourant de froid, couvre la femme de son manteau et la fait monter sur son cheval, pendant que son domestique cherche à réchauffer l'enfant.

Bois. — H. 38 c. L. 46 c.

HOET (Gérard)

23 — **Repos de la Sainte Famille.**

L'Enfant Jésus couché sur les genoux de sa mère veut prendre une pêche qu'elle lui présente de la main droite. Saint Joseph contemple cette scène.

Signé à droite, en toutes lettres.

Collection de l'abbé Dufouleur.

Cuivre. — H. 21 c. L. 18

HOOGH (Pierre de)

24 — **Intérieur hollandais.**

Une jeune femme assise, vêtue d'un brillant costume, touche de la main gauche des pêches qui sont dans un panier placé sur une table.

Signé des initiales.

Collection Kalkbrenner.

Toile. — H. 22 c. L. 17 c.

HUYSMANS (de Malines)

25 — **Paysage.**

Paysage boisé. A droite, un terrain éboulé recevant une vive lumière; en avant, à gauche et à droite, de grands arbres; près du terrain, une route où chemine un cavalier; plus loin, dans un chemin creux, deux villageois; au centre, un cours d'eau; fond avec collines; ciel bleu avec nuages dorés.

H. 35 c. L. 53 c.

JOLIVARD

26 — **Paysage. Vue prise dans la forêt de Fontainebleau.**

27 — **Autre Vue de la forêt de Fontainebleau.**

JOLIVARD

28 — **Paysage. La Vanne.**

JORDAENS (Jacques)

29 — **Jésus parmi les Docteurs.**

Collection du général d'Armagnac.

Toile. — H. c. L. c.

KAUFFMANN (Angelica)

(Élève de Reynolds)

30 — **Portrait d'Homme.**

Il est nu-tête et les cheveux poudrés ; vêtu d'un habit brun et d'une cravate blanche, son bras gauche est appuyé sur un bloc de rocher, il tient un gant ; fond avec ciel léger.

Œuvre digne de Reynolds.

Signé et daté Rome, 1786.

Toile. — H. 72 c. L. 62 c.

MARATTI (Carlo)

31 — **La Nativité.**

La Vierge montre l'Enfant Jésus aux bergers qui sont venus pour l'adorer. Saint Joseph et sainte Anne assis contemplent cette scène.

Toile. — H. 75 c. L. 68 c.

MARATTI (Carlo)

32 — **Adoration des Bergers.**

La Vierge assise près de saint Joseph tient sur ses genoux l'Enfant Jésus qu'elle montre aux bergers.

Toile. — H. 1 m. 85 c. L. 2 m. 30 c.

MARIESCHI

33 — **Vue de Venise.**

Bâtiments de l'hôpital bordant un canal.

Toile. — H. 58 c. L. 84 c.

MIREVELT (Michel)

34 — **Portrait d'une dame hollandaise.**

Jeune femme vêtue d'une robe de soie noire brodée d'or ; son col est orné d'une ample fraise blanche, chacun de ses bras est paré d'un bracelet; de la main droite elle tient un éventail.

Bois. — H. 1 m. 20 c. L. 90 c.

MOUCHERON (Frédéric)

35 — **Départ pour la Chasse.**

Un seigneur et sa femme descendent les marches du perron d'un château entouré d'arbres, tandis qu'un domestique tient en main les chevaux qu'ils vont monter. Au premier plan, un cavalier donne des ordres à un valet de chasse qui porte un cadre où sont trois faucons, et qui est précédé de quatre chiens. A droite, un bassin avec jet d'eau.

Signé en toutes lettres, en bas, à droite.

Toile. — H. 1 m. 20 c. L. 1 m.

MORONI (Dominique)

36 — **Portrait d'Homme.**

Un homme jeune encore portant toute sa barbe, habit noir avec collerette blanche, la main gauche appuyée sur un livre, tient un rouleau de papier.

Toile. — H. 93 c. L. 77 c.

NEEFS (Peters)

37 — **Intérieur d'Église.**

Sur le premier plan, un ecclésiastique entre deux personnages avec lesquels il cause. Ils sont précédés d'un page qui porte une torche allumée. Dans le fond, divisé en trois nefs, on voit plusieurs chapelles.

Beau faire du maitre. Signé et daté 1638, sur une colonne à droite.

Bois. — H. 40 c. L. 50 c.

OUDRY (J.-B.). Genre de

38 — **Canards effrayés par un Chien.**

Toile. H. 74 c. L. 88 c.

ORLEY (Van)

39 — **La Madeleine.**

Vêtue d'un riche costume et les mains croisées sur sa poitrine. Près d'elle est placé un vase.

Collection Wayer, de Cologne.

Bois. — H. 53. L. 25 c.

PIOMBO (Sébastien del)

40 — **Tête de Vierge.**

Collection Viardot.

Bois. — H. 50 c. L. 40 c.

PRUD'HON (D'après)

41 — **Psyché enlevée par les Zéphirs.**

Bois. — H. 46. L. 36. c.

QUERFURT (Auguste)

42 — **Deux Cavaliers allant visiter un couvent de moines.**

L'un d'eux est descendu de son cheval blanc que tient un domestique et l'autre est encore à cheval.

Bois. — H. 26 c. L. 33 c.

RAPHAEL (École de)

43 — **Sainte Famille.**

Dans un charmant paysage l'Enfant Jésus, assis sur les genoux de la Vierge, bénit un drapeau que lui présente saint Jean; le bras de l'Enfant Jésus est dirigé par sainte Anne.

Bois. — H. 27 c. L. 35 c.

RAVESTEIN (Jean Van)

44 — **Portrait de Femme.**

Vue jusqu'aux genoux, coiffure en guipure, collerette blanche, les deux bras ornés de bracelets; de la main droite, elle tient un éventail.

Signé et daté 1619.

Bois. — H. 1 m. 12 c. L. 85 c.

RIGAUD (H.)

45 — **Portrait de Gaston d'Orléans.**

Toile. — H. 80 c. L. 65 c.

ROGER (Van der Weyden), de Bruges

46 — **Tête de la Vierge.**

Bois. — H. 38 c. L. 31 c.

47 — **Ecce Homo.**

Bois. — H. 38 c. L. 31 c.

Ces deux tableaux, provenant de la collection de Mme la duchesse de Berry, étaient attribués à Albert Durer.

RUBENS (Pierre-Paul)

48 — **L'Éducation d'Achille.**

Collection Collot.

Toile. — H. 45 c. H. 40 c.

SACCHI (Pier-Francesco

49 — **Assomption de la Vierge.**

Les douze apôtres contemplent la Vierge qui est transportée au ciel par des anges.

Toile. — H. 42 c. L. 27 c.

SARTE (Andrea del)

50 — **Sainte Famille.**

La Vierge assise tient sur ses genoux l'Enfant Jésus à qui elle présente le sein; à sa droite, est saint Joseph.

Collection de Mme la duchesse de Berry.

Bois. — H. 90 c. L. 70 c.

SASSO-FERRATO (Giovani - B.)

51 — **Buste de la Vierge.**

La tête penchée du côté droit et les mains jointes.

Toile. — H. 45 c. L. 35 c.

SNEYDERS (François)

52 — **Nature morte.**

Sur une table sont placés un homard dans un plat, une hure de sanglier, un faisan, une perdrix et des oiseaux.

Toile. — H. 95 c. L. 1 m. 34 c.

53 — **Chiens et Chats.**

Quatre chiens poursuivent deux chats qui, pour leur échapper, se sont réfugiés sur un arbre.

Collection Salamanca.

Toile. — H. c. L. c.

SORGH (Henri Rokes)

54 — **La Visite à la Nourrice.**

Un seigneur avec sa femme et sa famille vient visiter la nourrice d'un de ses enfants.

Collection Piérard.

Bois. — H. 47. L. 65 c.

TERBURG (Gérard)

55 — **Portrait de Femme.**

Vue de trois quarts, vêtue de noir. Ses gants et son mantelet sont jetés sur une table placée près d'elle.

Toile. — H. 38 c. L. 30 c.

TITIEN (Vicillio), dit le

56 — **Paysage.**

Sur le premier plan, à gauche, une barque dans laquelle sont dix personnes; à droite, une femme assise, deux cavaliers; dans le fond, une tour et plusieurs fabriques.

Toile. — H. 47 c. L. 85 c.

VELDE (Willem Vande)

57 — **Marine.**

Sur une mer agitée, un bateau pêcheur dont la voile est déployée se dirige vers un port que l'on aperçoit dans le lointain.

Bois. — H. 28 c. L. 36 c.

WERFF (Adrien Vander)

58 — **La Madeleine.**

Assise à l'entrée d'une grotte, à demi-couverte d'une draperie bleue, elle est absorbée dans une lecture. Derrière elle, au pied du rocher, une tête de mort.

Bois. — H. 41 c. L. 32 c.

WICK (Thomas)

59 — **Un Alchimiste dans son laboratoire.**

Signé. Beau spécimen de maître.

Toile. — H. 57 c. L. 50 c.

WOUVERMAN (Philips) ?

60 — **Chasse au chevreuil.**

Au milieu, un chevreuil aux abois et saisi par des chiens qu'excitent deux valets. A droite, un cavalier et une amazone arrivent au galop. A gauche, au premier plan, un cavalier arrêté; un peu plus loin, un autre cavalier, monté sur un cheval blanc, s'élance afin de couper la retraite à l'animal.

Signé des initiales.

Toile. — H. 53 c. L. 75 c.

INCONNUS

61 — **Portrait d'une reine d'Espagne.**

Bois. — H. 57 c. L. 37 c.

62 — **Vase entouré de fleurs et d'arabesques.**

Toile. — H. 68 c. L. 68 c.

63 — **Fragment de tableau.**

Une main appuyée sur la garde d'une épée.

64 — **Les tableaux non catalogués seront vendus sous ce numéro.**

Renou et Maulde, Imprimeurs de la Compagnie des Commissaires-Priseurs, rue de Rivoli, 144. 21920

RED. :

19

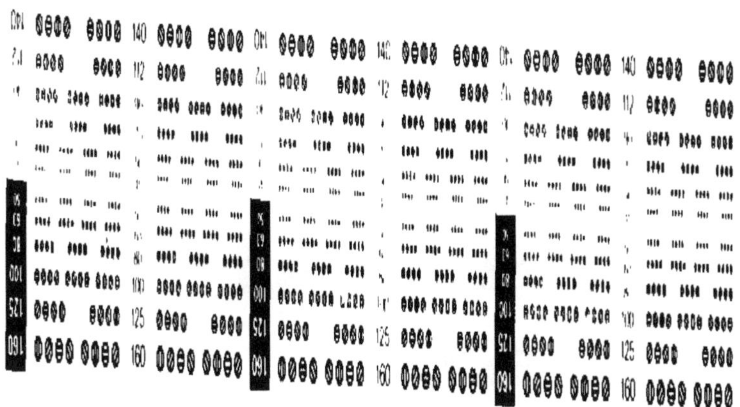

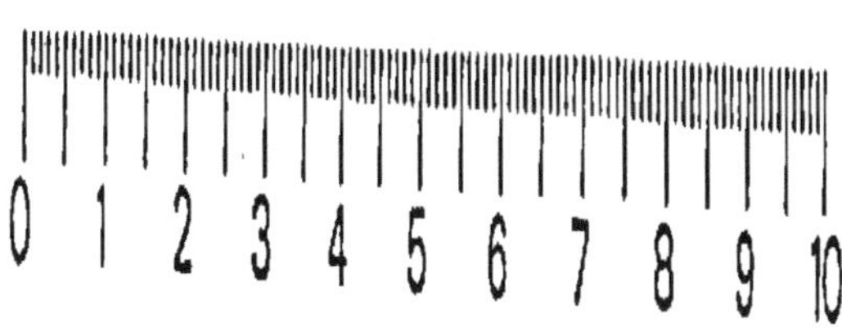
0 1 2 3 4 5 6 7 8 9 10

www.ingramcontent.com/pod-product-compliance
Ingram Content Group UK Ltd.
Pitfield, Milton Keynes, MK11 3LW, UK
UKHW020531180726
13839UKWH00005B/2452